中華親子繪本

爺爺的14個遊戲

文／趙菱　圖／黃利利

中華教育

新年剛開始，我的
醫生爸爸和護士媽媽就
去武漢了。

「我們去打病毒怪
物了。」媽媽臨走時說。

家裏只剩下我和爺爺。

一天，爺爺說：「我們來玩遊戲吧，你當 **醫生**。」

我飛快地穿上媽媽的白色外套，拿出聽診器。

爺爺說：「有一位醫生總是先用體溫把聽診器暖熱，這樣病人就不會覺得涼了。」

我連忙也把聽診器暖一暖，再幫爺爺聽。

晚上睡覺時，我想媽媽了，
鼻子酸酸的。
「猜猜你爸媽在做甚麼？」

「爸爸拿着針，媽媽拿着藥，在打病毒怪物。」

「對，全國有無數醫務工作者像你爸媽一樣勇敢。

明天你當 **畫家**，把他們畫出來。」

我點點頭。

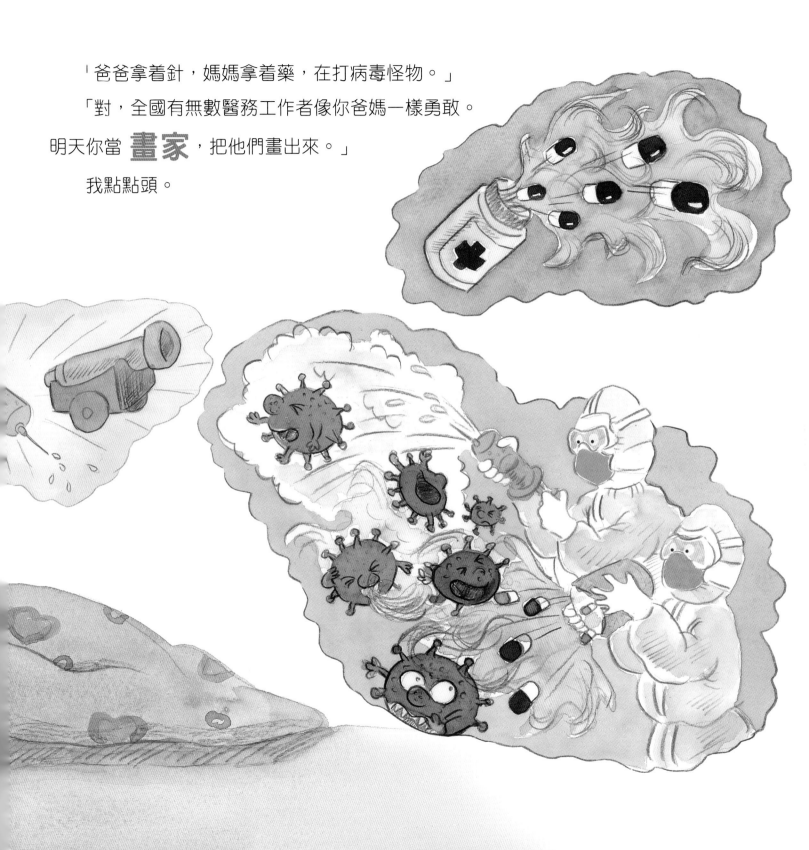

第二天，我穿上媽媽的
花毛衣。

戴上眼鏡和太陽帽。

「多神氣啊！」爺爺說，
「簡直就是一位真正的畫家！」

我找來一張大大的白紙，認認真真地畫起來。

晚上睡覺時，我問：「爸爸媽媽甚麼時候回來？」
「快了，等他們打敗怪物就回來了。」

我嘴巴一癟，想哭。

「別難過，明天你當 **科學家**。現在有很多科學家正在研究抗病毒的藥。」

我高興起來，想像當科學家的樣子。

　　第三天，我找來空魚缸和空茶杯，爺爺剪了一朵紫色的花。我在茶杯裏倒上醋酸，在魚缸裏倒上肥皂水，然後把花莖剖開，分別插在兩個容器裏。

　　奇跡發生了！

　　花的一半變成了紅色，另一半變成了藍色。

　　我歡呼起來。

晚上睡覺時，我期待地問：「明天我當甚麼呢？」

「你想當甚麼？」

「**警察**！爺爺，您當甚麼？」

「好，我就當警察的爺爺吧！」

第四天，我從爸爸的衣櫃裏拿出一件短夾克穿上，
手握玩具槍，向爺爺走去。爺爺也笑着向我走來。
　　忽然，我停住腳步，大喊：「爺爺，別靠近我！」

我告訴爺爺，我在電視上看到，值勤的警察叔叔怕把病毒帶回家，不讓兒子靠近自己，只看一眼就走了。

一位警察阿姨不進家門，站在樓梯旁，吃完了一碗麵條。

爺爺聽後，愣住了，眼淚從他眼裏流出來。

我從沒見過爺爺哭。我也哭了。因為我又想爸爸媽媽了。

晚上睡覺時，我不再覺得孤單了。我一直想，明天我要當甚麼呢？

第五天，我當 **解放軍**。我駕駛着玩具直升機飛向武漢。執行完「任務」，
我走下直升機，對爺爺敬了一個軍禮，爺爺站得筆直，莊嚴地還禮。

第六天，我們在門口
發現一袋米，爺爺說，是
社區的工作人員送來的。

透過窗戶，我還看到樓下
搭起了一頂頂帳篷。

爺爺說，是警察和社區管
理員在保護我們。

我在客廳裏用被單搭起「帳篷」，
當起了 **社區管理員**。
「爺爺您睡吧，我來保護您。」

第七天，我想出去玩一會兒，爺爺喊住我說：
「我們來玩打電話的遊戲吧！今天你當 **記者**。」
我用湯勺當電話，採訪樓下的櫻花，問它甚麼時候開。

這時，爺爺的手機響了。我看到了媽媽。
「寶寶，你好嗎？」
「媽媽！」我高興地喊，「您甚麼時候回來？」

「打敗怪物就回來，你在家聽爺爺的話……」通訊忽然斷了，只來得及看到一張病牀。我的眼淚在眼眶裏打轉。

爺爺說：「櫻花給你回電話了，
它說春天到了，它正在悄悄開放。」

第八天，我心裏很難過，不想起牀。爺爺問我想當甚麼，我說：
「今天我想當 **病人**。」
　　「為甚麼想當病人呢？」
　　「生病了，爸爸媽媽就會回來照顧我了。」
　　爺爺輕輕摸了摸我的頭髮，沒有說話。

「病人也要勇敢地和病毒搏鬥，這樣才能健康起來。」爺爺說。

我點點頭，這天我吃了更多米飯和蔬菜，頑強地和不開心搏鬥。

晚上睡覺時，我感覺病好了。

接下來的日子，我當了乘着風箏飛上天的**老師**、長翅膀的**快遞員**、會噴火焰的**魔術師**……

又一天早上起來，爺爺說：「十四天終於過去了，一切平安無事。」

爺爺和我戴上口罩，打開門。

我驚訝地看到，穿黃色防護服的叔叔們，正在解開白色的防護帶。那些帶子，長長地包圍着我們這棟樓。

「十四天前，樓下發現了一位新冠肺炎患者，我們這棟樓被隔離了。」爺爺說。

我愣住了，好半天才說：「爺爺，今天我當甚麼呢？」

「今天你當 小作家，把這十四天的故事寫出來。」爺爺說，「永遠不要忘記，是各行各業無數的叔叔阿姨們在日夜守護我們。他們都是最可愛的人。」

「好！」我鄭重地說，「不會寫的字，我可以畫畫！」

這時，我看到樓下一棵櫻花樹上星星點點的粉紅色花苞，像眼睛，像星星。

在遊戲中成長

陶金玲

南通大學教育科學學院教授，教育學博士，博士生導師

　　遊戲是童年幸福的象徵，能促進兒童的身心發展，能帶給兒童快樂，其重要性僅次於母乳餵養和母愛。愛玩遊戲是兒童的天性，兒童在遊戲中生活，在遊戲中成長。

　　疫情期間，活動空間受限，怎樣滿足兒童的遊戲需求，並讓兒童從遊戲中學會健康生活，懂得感恩，培養樂觀向上的生活態度？《爺爺的 14 個遊戲》講述的是發生在我們身邊的真人真事，每一個遊戲都再現了戰「疫」一線各行各業人員的感人畫面，小遊戲裏體現着大智慧。

　　我們可以通過以下三點引導兒童閱讀這本繪本：

　　一、研讀故事內容和繪本呈現方式，做好繪本閱讀準備。家長要熟練掌握故事情節，了解繪本的圖畫美，體會作品的深刻內涵。故事以小主人公思念爸爸媽媽的情感情緒起伏變化為主線展開，以祖孫遊戲的方式巧妙呈現出各行各業人員在戰「疫」時期的辛苦付出和高尚品格，並融入健康教育和科學教育的知識。閱讀前，可準備各行各業人員在一線辛苦工作的相關音像資料，幫助兒童理解故事內容。此外，還可以準備相關實驗材料，在閱讀的過程中即時進行實驗，以激發和滿足兒童的好奇心和求知慾。

　　二、從兒童熟悉的過年經驗入手，由團聚體驗切入分離故事。在閱讀開始時，可以先

引導兒童回憶過年的體驗：貼對聯、吃團圓飯、和家人一起遊玩……基於兒童已有的愉快體驗，讓他們知道「春節」是中國的傳統節日，是中國人團聚歡慶的日子，人們會不遠千里回家過年。但是，今年的春節卻不太一樣，有一個小朋友的「醫生爸爸」和「護士媽媽」要去「打病毒怪物」，不能在家和孩子一起過年。孩子的心情會怎樣呢？利用聲音、表情，創設閱讀情景，引導兒童進行移情，從而產生情感共鳴。

　　三、結合生活經歷，通過角色扮演體驗一線戰「疫」人員的工作。本繪本可採用問答式和角色扮演式閱讀，建立親子之間的對話機制。讓孩子跟隨繪本主人公扮演醫生、科學家、警察、解放軍、社區管理員、記者、作家等角色，將繪本世界與現實世界巧妙結合，延伸繪本的深度與廣度，發展兒童的思維能力及表達能力。

　　針對年齡較小的兒童，可以採取引導式閱讀，聲情並茂地表演故事；針對五歲以上的兒童，可以鼓勵兒童用自己的方式和視角詮釋故事，再採取親子共讀的方式閱讀。此外，根據故事情節和兒童閱讀情況，基於兒童的已有體驗、現有水平、興趣愛好和發展需要，可設計續編故事、自製繪本、角色表演、親子遊戲等有趣的延伸活動，以激發兒童的創新性思維和多元化發展。

◎ 責任編輯：劉萄諾
◎ 裝幀設計：鄧佩儀
◎ 排版設計：鄧佩儀
◎ 印　務：劉漢舉

中華親子繪本

爺爺的 14 個遊戲

文 / 趙菱　圖 / 黃利利

出版｜中華教育
香港北角英皇道 499 號北角工業大廈 1 樓 B 室
電話：(852) 2137 2338　傳真：(852) 2713 8202
電子郵件： info@chunghwabook.com.hk
網址： http://www.chunghwabook.com.hk

發行｜香港聯合書刊物流有限公司
香港新界荃灣德士古道 220-248 號荃灣工業中心 16 樓
電話：(852) 2150 2100　傳真：(852) 2407 3062
電子郵件： info@suplogistics.com.hk

印刷｜美雅印刷製本有限公司
香港觀塘榮業街 6 號海濱工業大廈 4 字樓 A 室

版次｜2022 年 4 月第 1 版第 1 次印刷
©2022 中華教育

規格｜16 開（230mm x 230mm）

ISBN｜978-988-8760-45-9